*Per a totes les nenes i els nens que respecten les formigues
i els seus nius, els formiguers.*

JC i MT

Direcció d'art: Departament d'imatge i disseny GELV

Primera edició: març de 2014

ISBN: 978-84-479-2728-9
Dipòsit legal: B. 29333-2013

Edelvives Talleres Gráficos. Certificat ISO 9001
Imprès a Saragossa, Espanya

En Miquelet i les formigues

Joaquim Carbó

Il·lustracions

Montse Tobella

BAULA

En Miquelet volta pels camins
de la masia dels avis i descobreix
una petita pila de terra
que sembla un volcà en miniatura.
Pel forat —el cràter—, es mouen
unes formigues.

Les que en surten porten
una mica de terra i la dipositen
a l'exterior. Al cap de mil i un viatges,
hauran fet més gran
el seu cau subterrani —el formiguer—,
i la pila de terra que el rodeja.
Després, s'escampen pels camps
a buscar llavors.

El nen, cansat de veure
que les formigues no s'aturen
ni un segon, torna a caminar
i troba per terra una espiga de blat
que sembla d'or.

La desgrana, torna cap al formiguer
i escampa els grans pel voltant,
a veure què passa.

De sobte, una formiga topa
amb un dels grans de blat,
fa com si l'ensumés o estudiés
com l'ha d'agafar i, tot i que és
molt més gran i que pesa molt més
que ella, el transporta cap al forat.

Així que hi arriba, s'hi aboca i se sorprèn quan el pes del gra els arrossega cau avall: a ella i el gra. I el nen s'espera, perquè vol saber si la formiga tornarà a buscar més grans de blat.

Tot seguit, com si algú les hagués avisat, surten del forat una colla de formigues, que arrepleguen tot el blat en un parell de minuts. Aquest gra vull, aquest no vull! Quin espectacle!

Quan ja no en queda cap,
en Miquelet torna al camp.
Arrenca una espiga. N'hi ha tantes,
pensa, que no vindrà d'una.
I repeteix l'operació.

El dia que els porta
uns grans d'arròs de casa,
les formigues no n'agafen ni un.
I el nen pensa que no els vénen
de gust perquè són tan durs
que semblen de pedra.

Un matí que ha plogut tampoc
no fan cas dels grans de blat,
perquè no paren de treure del cau
petits terrossos humits
que fan créixer més el volcà.
Han de treure el fang que s'ha fet
dins el cau abans de portar-hi
més provisions.

S'han acabat les vacances.
Quan en Miquelet torna
a visitar els avis per Nadal,
d'aquells formiguers, no en queda
ni el rastre. Els seus habitants
s'han amagat sota terra,
han tapat el forat de l'entrada
del cau i es disposen
a passar l'hivern sense fer res.
Prou que han treballat a l'estiu!